Come e perché ci si innamora

The Walt Disney Company Italia s.r.l.
• L I B R I •

Manuali da ragazze
Violetta - Come e perché ci si innamora

Pubblicato da The Walt Disney Company Italia s.r.l.
Via Ferrante Aporti, 6/8 – 20125 Milano

Testi: Valentina Camerini
Progetto grafico di copertina: Manuela Fecchio
Progetto grafico degli interni:
Manuela Fecchio e Studio Red•Spot - Milano
Realizzazione grafica: Studio Red•Spot - Milano
Coordinamento editoriale: Antonella Sgarzi
Stampato da Centro Poligrafico Milano S.p.A. - Casarile (Mi)

PEFC
PEFC/18-32-09
Certificato PEFC
Questo prodotto è realizzato con materia prima da foreste gestite in maniera sostenibile e da fonti controllate
www.pefc.it

www.disneychannel.it

Indice

Come capire se gli piaci?
È quello giusto per te?
Si possono evitare litigi
a causa dei suoi amici?

Quando si parla d'amore,
è facile farsi prendere da mille dubbi
e incertezze. Scopri i
consigli di Violetta
e delle sue migliori amiche:
in semplici mosse, potrai
chiarirti le idee in fatto
di prime cotte e ragazzi!

Capitolo 1

Come capire se gli piaci

CAPITOLO 1

Che tipo è il ragazzo a cui pensi?

Lo sportivo

Non sta mai fermo, ha sempre con sé la sacca con i vestiti per gli allenamenti, dedica tantissime ore al suo sport preferito. L'unico momento in cui lo trovi seduto sul divano è quando in televisione trasmettono i campionati mondiali della sua disciplina preferita! Di carattere è competitivo e non rifiuta mai una sfida, di qualsiasi genere. Allo stesso tempo, però, sa comportarsi con grande lealtà, davanti a una difficoltà sa fare squadra e non teme di sacrificare qualcosa per il bene delle persone che gli stanno a cuore. Anche se non salta mai un allenamento o una gara importante per te, non significa che non gli piaci: tu fatti trovare in prima linea a fare il tifo e vedrai che lui ti inviterà a festeggiare insieme la sua ultima vittoria!

➡ **Conquisterai il tipo sportivo accettando il fatto che lo sport per lui rappresenta una vera passione, di cui non potrà fare a meno.**

L'intellettuale

È spesso timido, quando è in compagnia di un gruppo di amici parla poco e non fa nulla per mettersi in mostra. A volte sembra introverso, ma basta lasciargli il tempo di conoscerti meglio: allora potresti scoprire che dietro i suoi silenzi c'è la volontà di non parlare a caso, che sa tantissime cose ed è in grado di stupirti con le sue osservazioni brillanti e i mille argomenti di conversazione. Appena avrà capito che tipo sei, quante cose avete in comune, lui ti dimostrerà il suo interesse coinvolgendoti nel suo mondo!

➡ **Sei perfetta per lui se ti piace parlare per ore di libri, fumetti e film in uscita, hai tantissimi interessi, non ti vergogni affatto di preferire i pomeriggi in biblioteca piuttosto che sfinenti giri di shopping in centro.**

Il super simpatico

È sempre circondato da amici, il suo telefono non smette mai di suonare o vibrare per i messaggi e le chiamate che riceve. La sua presenza è garanzia di divertimento: nessuno riesce a snocciolare battute spassose quanto lui. Oltre a portare l'allegria grazie al suo carattere solare, il "super simpatico" ha un vero talento per coltivare le amicizie, conoscere nuove persone e proporre cose divertenti da fare insieme. Se gli piaci davvero, lui saprà farti capire che sì, per

Siete fatti l'uno per l'altra...

... se sei un'appassionata di libri fantasy e lui aspetta con impazienza Carnevale per travestirsi da vampiro!

... se lui ha un debole per i dolci e tu hai una collezione completa di libri di ricette di torte!

... se lui sa tutto di computer e tu impazzisci ogni volta che stai lontano per più di tre ore dal tuo PC.

... se tu adori scrivere sms e lui non si separa mai dal suo cellulare.

... se siete entrambi sportivi, tifate da sempre per la stessa squadra e adorate seguire i campionati in televisione.

... se avete entrambi sognato da sempre di incontrare "la persona giusta" e non vi vergognate di ammettere di sentirvi terribilmente romantici!

lui gli amici sono importanti, ma non c'è nessuno a cui tiene quanto a te!

Se adori stare in compagnia, se non conosci nessuno con una rubrica dei numeri di telefono lunga quanto la tua, se sei orgogliosa del tuo gruppo di amici e non potresti mai vivere senza di loro, allora il tuo tipo ideale è certamente il "super simpatico".

Il popolare

È il più ammirato della scuola, quello che tutte si fermano a guardare senza essere viste, che fa battere i cuori delle compagne di classe e ha mille ammiratrici segrete. Il fatto è che lui sa benissimo di essere molto popolare, infatti qualche volta cede alla vanità: come Leon veste all'ultima moda, è molto attento allo stile e si interessa alle opinioni che gli altri hanno di lui. Capisci che gli piaci davvero se per una volta sembra avere trovato qualcuno di più bello e simpatico di se stesso: tu!

Sei la ragazza adatta al più popolare della scuola se hai un carattere deciso e sei molto sicura di te: gli sguardi delle altre non ti creano alcun problema, non hai mai sofferto di gelosia e non sei proprio tipa da fare sfuriate perché lui non si è fatto sentire per un intero pomeriggio.

HELP!!! ESEMPI E SUGGERIMENTI!

CAPITOLO 1

E SE SUCCEDE CHE... ?

SE LO FA... È OK! COME CAPIRE SE GLI PIACI SULLA BASE DEL SUO COMPORTAMENTO!

Se... **è carino, ti sta davvero simpatico benché tu lo conosca da poco tempo**, hai l'impressione di avere molte cose in comune con lui. Fortunatamente, vi incrociate spesso: va a studiare alla biblioteca del tuo quartiere, passa davanti alla tua classe ogni intervallo, sembra giudicare simpaticissimi i tuoi amici, infatti esce con loro con sempre maggiore frequenza. Insomma, qualsiasi cosa tu faccia, lui... c'è!

Tu... **festeggia! Se lo incontri così spesso, non è un caso**: ci sono buone possibilità che tu gli piaccia ma che sia troppo timido per ammetterlo apertamente. Grazie agli amici che avete in comune, lui cerca di vederti facendo in modo di capitare nei posti che frequenti anche tu, perché non ha il coraggio di invitarti a fare qualcosa insieme!

Se... **quando uscite in gruppo con altri amici cerca di sedersi vicino a te**. Non solo! Spesso lo sorprendi a fissarti e, quando scopre di essere visto, distoglie velocemente lo sguardo. Raramente parla direttamente con te, attaccando bottone, ma spesso si unisce alle discussioni già in corso, unendosi alle chiacchiere tra te e le tue amiche.

Tu... **non scoraggiarti. Ancora non si sente abbastanza sicuro di sé per affrontarti direttamente**, da solo. È però molto probabile che tu gli interessi: ti sta "studiando" mantenendo le distanze, magari per capire se sei davvero quella giusta per lui! Anche se ti sembra timido, non perderti d'animo! Non tutti hanno il carattere deciso di Leon!

Se... **uscite insieme con altri amici e lui ha l'aria pensierosa, sembra crucciato** e di umore meditabondo. Quando finalmente riuscite a ritagliarvi un momento da soli, finalmente lui ammette di avere qualche problema e ti racconta che cosa è successo ultimamente. Con te riesce ad aprirsi come con nessun altro.

Tu... **lasciagli tempo. Si fida davvero di te e della tua sensibilità**, sente che siete simili e che puoi capirlo quando ti confida i suoi pensieri. Potrebbe considerarti solo un'amica, ma potrebbe anche accadere che, in futuro, il suo interesse diventi qualcosa di più. Lascia che faccia chiarezza sui suoi sentimenti!

Se... **per un malinteso scoppia un'incomprensione tra te e un'amica**: comincia una vivace discussione in cui cerchi di spiegare il tuo punto di vista, ma lei è piuttosto innervosita e fatica a capire che non volevi fare nulla di male. Non sai come risolvere la questione e presto perderai la pazienza. Fortunatamente interviene lui, aiutandovi a fare pace.

Tu... **sii fiduciosa, se prende le tue difese e si espone per te durante una discussione**, significa che riesce a capirti, comprendendo i tuoi sentimenti e la ragione dei tuoi comportamenti. Probabilmente non ce la fa a vederti in difficoltà senza correre in tuo aiuto: è segno che tu per lui sei davvero importante.

Se... **lo hanno notato le tue amiche, che sono subito venute a riferirtelo**: quando escono con i ragazzi e tu non ci sei perché sei rimasta a casa a finire i compiti, lui sembra meno allegro, diventa pensieroso, di umore introverso. Comincia a giocare con il telefono, annoiato. Si informa timidamente per scoprire se sei in arrivo oppure no. Insomma, che tu ci sia oppure no, per lui fa una grossa differenza!

Tu... **sappi che basta la tua presenza per farlo sentire bene**, con le tue risate e le tue chiacchiere sei in grado di regalargli una bella giornata. Si tratta di un ottimo segno: se anche non è già innamorato, è probabile che presto comincerà a vederti come qualcosa di più che una semplice amica!

Sei la tipa giusta per lui?

LITIGATE SPESSO O SIETE FATTI L'UNO PER L'ALTRA? PER SCOPRIRLO, RISPONDI ALLE DOMANDE DEL TEST!

LUI HA LITIGATO CON IL SUO MIGLIORE AMICO E PER QUESTO È GIÙ DI MORALE...

A) Ti innervosisci perché avresti voluto uscire insieme

B) Vai a parlare con il suo amico, vuoi aiutarli a chiarirsi e a fare pace

C) Riesci a fargli tornare il buon umore, regalandogli l'ultimo singolo del suo cantante preferito

IL TUO COMPLEANNO SI AVVICINA, LUI...

A) Non farà nulla: sa che preferisci organizzare qualcosa con le tue amiche

B) Organizza una grande festa invitando tutti i vostri amici

C) Ti sorprende con un regalo fatto a mano, lasciandoti senza parole

DISCUTI CON I TUOI GENITORI PERCHÉ VORRESTI USCIRE MA NON TI DANNO IL PERMESSO...

A) Ti sfoghi riempiendo pagine intere del tuo diario segreto

B) Gli scrivi una mail che leggerà appena tornato a casa

C) Lo chiami subito perché nessuno ti sa consolare come lui

VUOI FARGLI UNA SORPRESA CHE LO LASCI SENZA PAROLE...

A) Chiedi consiglio ai suoi amici perché non sai che cosa gli piacerebbe

B) Lo osservi di nascosto per scoprire qual è il regalo perfetto

C) Sai esattamente che cosa vorrebbe ricevere

I SUOI LIBRI PREFERITI:

A) Non hai idea di quali siano

B) Sai quali sono, li hai letti ma non sono il tuo genere

C) Sai perfettamente quali sono, perché sono gli stessi che adori tu

MAGGIORANZA DI **(A)**

Coppia che scoppia

Il fatto che lui ti piaccia tantissimo non è sufficiente: per essere il suo tipo ideale dovreste anche avere qualcosa in comune... invece le cose che vi distinguono sono più di quelle che vi legano. È arrivato il momento di accettare il fatto che lui non è il tipo giusto per te!

MAGGIORANZA DI **(B)**

Coppia traballante

Avanzate tra alti e bassi, con tante incomprensioni e altrettanti momenti magici. Succede, ci sono coppie anche così. Dopo avere imparato a riconoscere le cose che vi differenziano (e che spesso vi portano a discutere...), potreste trovare il modo di conciliare i diversi punti di vista, per limitare i momenti di tensione!

MAGGIORANZA DI **(C)**

Coppia perfetta

Insieme avete trovato l'equilibrio perfetto: discutete raramente e, quando accade, sapete spiegare le vostre ragioni senza ferirvi a vicenda. Tu sai tutto di lui e lui ti conosce come nessun altro. Complimenti, siete davvero fatti l'uno per l'altra!

IN CASO DI PARITÀ: datti tempo per chiarirti le idee!

Capitolo 2

Gli piaccio...
e ora che faccio?

CAPITOLO 2

Rompere il ghiaccio

Scopri che cosa pensa di te

Innanzitutto potresti sondare il terreno e scoprire che cosa pensa lui di te. Se sai per certo che gli piaci, perché lui l'ha confidato a un suo amico che è in classe con una tua amica, allora devi andare a conoscerlo! Se all'intervallo compare sempre nel corridoio davanti alla tua classe, ti sorride ogni volta che i vostri sguardi si incontrano, nel cortile della scuola siede vicino a dove stai tu, è arrivato il momento di rompere il ghiaccio e cominciare a parlare con lui: se non lo fai, lui penserà che non ti interessa!

Se sai che gli piaci, sarà tutto più facile!

Ricorda che può essere timido

Per superare lo stallo, devi pensare che lui potrebbe trovarsi nella tua stessa situazione: forse vorrebbe conoscerti, ma è terrorizzato all'idea di rendersi ridicolo. I ragazzi spesso lo nascondono, ma possono essere timidi esattamente come noi ragazze. Perfino Leon deve farsi coraggio, per ammettere quello che prova per Violetta! Quindi smettila di torturarti pensando a tutte le cose che possono andare storte. Alzati e vai da lui!

Anche i ragazzi sono timidi!

Confrontati con un'amica

Per sentirti più sicura, puoi chiedere il parere di un'amica di cui ti fidi: raccontale come intendi cominciare la conversazione con lui e chiedi il suo parere. Lei saprà dirti se hai scelto l'argomento gusto o se invece è meglio trovare qualcosa da dire che attiri più efficacemente la sua attenzione. Se stai per commettere qualche errore, lei ti fermerà. Altrimenti, via libera!

➡ Chiedi aiuto a un'amica: ti saprà consigliare!

E SE SUCCEDE CHE... ?

TU GLI PIACI, LUI TI PIACE:
SIETE COME ANGIE E GERMAN!
ECCO I PRIMI PASSI DA FARE INSIEME!

Se... **può anche sembrarti un ragazzo meraviglioso**, ma vuoi essere certa di avere incontrato il tipo giusto per te. Devi capire quante cose avete davvero in comune: potresti, infatti, scoprire di essere più diversa da lui di quanto credevi!

Tu... **parlagli del tuo sport preferito**, chiedigli che libri sta leggendo, organizzate insieme un sabato pomeriggio, prova a conoscere i suoi migliori amici e a scoprire i suoi gusti musicali: devi scovare tutti gli interessi che condividete, perché saranno alla base del vostro legame!

Se... **prima di conoscerlo davvero hai trascorso un lungo periodo a guardarlo da lontano**, sognando come avrebbe potuto essere bello stare con lui, è altamente probabile che ora tu ti senta bloccata dalla timidezza: l'hai idealizzato così tanto che adesso sei terrorizzata all'idea di rovinare tutto facendo qualcosa di sbagliato!

Tu... **mantieni la calma e ricorda che anche lui ha buone possibilità di sentirsi intimidito**: i suoi silenzi potrebbero essere causati proprio dalla paura di deluderti. La strategia migliore, in questi casi, è chiedere aiuto a qualche amico: coinvolgilo in uscite di gruppo, selezionando un ristretto gruppo di persone simpatiche, di cui ti fidi. Così sarà più facile rompere il ghiaccio!

Se... **dopo avere superato la timidezza iniziale insieme agli amici, arriva il momento di stare sola con lui**: questo è l'unico modo per conoscerlo davvero e capire che persona è. Trascorrendo del tempo in sua compagnia, potrai scoprire se insieme ti senti davvero a tuo agio o se – al contrario – gli argomenti di conversazione finiscono sempre troppo presto!

Tu... **invitalo a studiare in biblioteca, è un'ottima occasione per fare qualcosa insieme**: anche se un intero pomeriggio in sua compagnia ancora ti intimidisce un po', i libri di scuola non ti faranno sentire obbligata a chiacchierare continuamente. E oltretutto le pause di studio saranno un'ottima occasione per conoscersi meglio.

Se... **hai paura che raccontargli qualcosa di te significhi esporsi ai suoi giudizi**: potrebbe trovare antipatiche le tue amiche o noioso il pattinaggio sul ghiaccio, benché per te sia lo sport più affascinante del mondo. Potresti scoprire che lui non legge un libro (se non costretto dalla prof. di italiano) solo dopo avergli parlato della tua fornitissima biblioteca domestica... D'accordo, potresti trovarti in una situazione imbarazzante. Ma non hai alternative: dopo un po' arriva il momento di fargli capire che tipo di ragazza sei!

Tu... **per superare la paura del suo giudizio, puoi cominciare a fare qualche domanda per capire che ne pensa delle cose che tu più ami**: prova ad accennare al recente campionato di pattinaggio, prima di dirgli che ogni sabato tu indossi le scarpe con le lame per scivolare sul ghiaccio. Dimostrati interessata a sapere che cosa piace a lui, senza giudicarlo: vedrai che lui ricambierà con lo stesso atteggiamento positivo.

Test

Quanto sei timida, in amore?

COME TI COMPORTI CON UN RAGAZZO CHE TI PIACE? SEI SICURA COME LUDMILLA O TIMIDA COME FRANCESCA?

I SEGRETI CON LUI...

A) Non ne ho

B) Cerco di non averne, ma a volte mi vergogno a dirgli proprio tutto

C) Le mie amiche sono le uniche con cui non ho segreti

QUANTE VOLTE TI CAPITA DI ARROSSIRE PER QUALCOSA CHE DICE?

A) Non è mai successo: non sono affatto una tipa timida

B) Raramente

C) Spesso

QUANTE VOLTE TI È CAPITATO DI ATTACCARE DISCORSO CON UN RAGAZZO CHE NON CONOSCEVI?

A) Spesso: mi piace molto conoscere amici nuovi

B) Raramente: preferisco aspettare che siano gli altri a fare il primo passo

C) Mai: non è una situazione che mi mette a mio agio

CONOSCI UN RAGAZZO SIMPATICO...

A) Racconto tutto di me senza problemi, perché mi piace chiacchierare

B) Prima di aprirmi raccolgo informazioni tramite le amiche che lo conoscono

C) Lascio che sia lui a raccontare qualcosa di sé, per primo

C'È UN RAGAZZO MOLTO CARINO APPENA ARRIVATO ALLA TUA SCUOLA...

A) Approfitto del primo intervallo per presentarmi

B) Cerco di conoscerlo tramite amici comuni

C) Mando un'amica a conoscerlo

MAGGIORANZA DI (A)

Timidezza 0%

Restare senza parole da dire davanti a qualcuno, rossa in faccia e incapace di fare qualcosa... è un'esperienza che non hai mai provato! Una possibile amica nuova o un ragazzo simpatico a te fanno provare una sola sensazione: la voglia di presentarti, conoscerli e farti conoscere.

MAGGIORANZA DI (B)

Timidezza 50%

Ti fai prendere dalla timidezza quando incontri qualcuno a cui tieni tantissimo (soprattutto se si tratta di ragazzi). In questi casi ti ritrovi improvvisamente muta, incapace di dire qualcosa. Fortunatamente, la maggior parte delle volte riesci a essere te stessa senza troppe ansie o paure.

MAGGIORANZA DI (C)

Timidezza 100%

Quando ti trovi davanti all'opportunità di scambiare due parole con il ragazzo che ti piace, ti ritrovi completamente bloccata dal timore di dire o fare qualcosa di sbagliato. Hai decisamente un problema di timidezza! Esercitati a superarlo cercando di stringere nuove amicizie!

IN CASO DI PARITÀ: rifai il test tra qualche tempo!

Capitolo 3

E... se non gli piaccio?

CAPITOLO 3

Come capire se non sei il suo tipo

★ Ti invita, ma mai da sola

Lui ha chiesto il tuo numero di cellulare e ti chiama spesso. Purtroppo, però, nelle uscite coinvolge sempre qualcuno: la tua amica che condivide con lui la passione per i fumetti, il suo amico che fa sempre battute divertentissime, il compagno di calcetto che gioca con lui ogni sabato pomeriggio. A te piace uscire in compagnia, ma qualche volta vorresti trovare l'occasione per stare sola con lui...

➡ **Se fosse innamorato, cercherebbe di stare con te anche da solo.**

★ Non risponde ai tuoi messaggi

Tu gli scrivi messaggi con il cellulare, lui la metà delle volte non risponde. E, se risponde, lo fa quando ha tempo, in ritardo, quando il film che gli proponevi di andare a vedere insieme è già iniziato. Hai provato a farglielo notare, ma lui afferma di essere sempre molto impegnato e di dimenticare spesso il telefono in giro... Insomma, ha sempre una scusa pronta!

➡ **Se fosse innamorato, troverebbe il tempo per risponderti.**

Ti parla, ma non ascolta

Le tue amiche ti fanno notare che lui con te parla davvero tanto: ti racconta delle sue delusioni e delle sue speranze sportive, si confida circa la prof. con cui proprio non va d'accordo, ti fa ascoltare tutte le sue canzoni preferite. Quello che le tue amiche non sanno, però, è che quando provi a parlare di qualcosa che interessa a te, lui smette si ascoltare.

➥ **Se fosse innamorato, vorrebbe ascoltare quello che hai da raccontare.**

È un brutto segno...

... se parte per una vacanza con la squadra di nuoto, starà via parecchi giorni e non trova il tempo per salutarti.

... se sa che hai litigato con la tua migliore amica e ti tiene al telefono per ore, raccontandoti della nuova bicicletta che vorrebbe comprare.

... se scopri da un amico che ha preso un brutto voto a scuola, e lui non ti ha accennato a niente.

... se continua a chiederti notizie di una tua amica, continuando però a negare che gli piaccia.

... se organizza una festa di compleanno e non ti invita, sostenendo che non ti saresti divertita, perché non conosci nessuno dei suoi amici.

... se si offende perché non lo aiuti a ripassare matematica per l'intero pomeriggio.

Ti parla delle ragazze

Con te parla di tutto. Anche troppo: ultimamente ti racconta di quella biondina della classe accanto alla sua, che sembra così simpatica e carina... Tu ascolti pazientemente, ma dentro di te preferiresti davvero che prestasse più attenzione a te, piuttosto che pensare sempre a lei. Comincia a venirti seriamente il dubbio che tu per lui restarai sempre un'amica...

➥ **Se fosse innamorato, non noterebbe nessun'altra, perché nel suo cuore ci sarebbe spazio solo per te!**

Quanto sta bene con te?

INSIEME SONO MOMENTI SUPER O... DISCUSSIONI CONTINUE? SCOPRI IL VOSTRO LIVELLO DI "LITIGIOSITÀ"!

I SUOI SEGRETI LI RACCONTA...

A) Sicuramente a te, perché sa di potersi fidare della tua discrezione

B) Solo al suo migliore amico

C) A tutti i suoi amici, perché è un tipo chiacchierone

LUI PROPONE DI VEDERTI...

A) Anche tutti i giorni, se fosse possibile

B) Quando non ha altro da fare, si annoia e i suoi amici sono impegnati

C) Mai: sei sempre tu a chiamarlo per proporre qualcosa da fare

I SUOI AMICI DI SEMPRE, QUELLI DAVVERO IMPORTANTI...

A) Te li ha presentati subito e hai legato con loro facilmente

B) Sai chi sono, ma non li frequenti molto, perché preferisci vedere le tue amiche

C) Non li conosci proprio

QUANDO HA UN PROBLEMA...

A) Chiede il tuo aiuto, confidando che tu possa fare qualcosa per risolvere il problema

B) Si sfoga con te, perché parlarne lo fa sentire meglio

C) Lo scopri dai suoi amici

TI DICE CHE SEI IMPORTANTE PER LUI...

A) Sempre, e tu ci credi davvero

B) Solo qualche volta

C) Raramente: non è un ragazzo che parla molto dei suoi sentimenti...

MAGGIORANZA DI (A)

Fatti l'uno per l'altra

Gli piaci tanto e insieme state davvero bene. Tu riesci sempre a capirlo, lui sa di poter contare su di te nei momenti di difficoltà ed è riconoscente per come riesci a supportarlo e a stargli vicino ogni volta che serve.

MAGGIORANZA DI (B)

Media sintonia

Gli interessi sicuramente, ma fai attenzione: avete caratteri diversi ed è facile che le vostre discussioni si trasformino in litigate vivaci! Per continuare ad andare d'accordo devi impegnarti a smussare le parti più pungenti del tuo carattere.

MAGGIORANZA DI (C)

Rottura assicurata

Purtroppo siete troppo diversi e la simpatia che prova nei tuoi confronti non è abbastanza. Non sei la tipa giusta per lui e insieme finite per discutere. Può restare per te un amico, ma difficile che diventi qualcosa di più importante.

IN CASO DI PARITÀ: aspetta di chiarirti le idee!

Capitolo 4

Tu, lui... e i suoi amici

CAPITOLO 4

Cose che non devi mai dire!

Si comportano come bambini

Non importa se a te sembra che si comportino in maniera stupida, se i loro scherzi non ti divertono, se ogni volta che proponi qualcosa ti guardano tutti come se fossi un marziano e se assistere a una delle loro partite di calcio ti sembri la cosa più noiosa del mondo. Tutto questo non ha importanza, perché lui li ha scelti come amici e tu non puoi fargli cambiare idea. Domandati come reagiresti, se lui accusasse le tue amiche di essere troppo seriose…

➡ **Vietato accusare i suoi amici di comportarsi in maniera infantile!**

Sono noiosi

Qualche volta esci con lui e i suoi amici, ma poi ti ritrovi seduta all'angolo più remoto della panchina, a sbadigliare. Tu vorresti davvero partecipare alle conversazioni – e ci hai anche provato – ma ogni volta è un disastro: parlano solo di cose di cui tu non sai nulla. Prima di dirglielo, però, pensa alla faccia che potrebbe fare lui se dovesse passare un pomeriggio insieme a te e le tue amiche! Lo hai mai visto partecipare alle vostre conversazioni su quel cantante bellissimo che è uscito con un disco tutto dedicato all'amore? No, vero?

➡ **Vietato lamentarsi del fatto che i suoi amici sono noiosi!**

Mi trattano male

Prima di dire che i suoi amici ti trattano male, prova a domandarti che cosa hai fatto tu per inserirti nel gruppo o per dare loro una possibilità. Potresti scoprire di essere partita con il piede sbagliato, giudicandoli male prima ancora di conoscerli. Certamente se alcuni loro comportamenti ti feriscono, spiegalo. Evita però di accusarli di un generico "non mi accettate". Sii chiara nel contestare le cose che ti fanno sentire esclusa.

➡ **Vietato accusarli di escluderti dal gruppo.**

Non sono alla sua altezza

Ai tuoi occhi lui è brillante, divertente, simpatico, intelligente, praticamente perfetto. I suoi amici, invece, sembrano lontani un mondo da lui e dalle sue incredibili qualità, e ancora non sai spiegarti come faccia a uscire con persone così diverse. Hai mai pensato che, essendoti presa una cotta, di lui vedi solo le qualità? Probabilmente condivide con i suoi amici ben più cose di quante tu creda.

➡ **Vietato dire che dovrebbe trovarsi amici migliori.**

Capitolo 5

Amiche e... ragazzi!

CAPITOLO 5

Non chiedergli questo!

Pomeriggio di shopping

Che tu voglia presentargli le tue amiche è assolutamente normale: le conosci da sempre, hai trascorso con loro tantissimi e divertentissimi pomeriggi, fanno parte della tua vita. Nonostante ciò, coinvolgerlo in un pomeriggio in centro, per una passeggiata lungo la via dei negozi non è un'idea brillante. Ci sono ottime probabilità che lui si annoi a morte. Il fatto che sia il luogo preferito da te e dalle tue amiche non è una ragione sufficiente per costringerlo a interessarsi a una cosa (le vetrine dei vostri negozi preferiti) che solitamente snobba. Prima di organizzare un pomeriggio in compagnia, senti la sua opinione e domandagli che cosa preferisce fare!

➥ **Rispetta i suoi interessi!**

Accompagnarti al concerto

Avere gusti diversi non è un grosso problema: puoi continuare ad ascoltare musica pop mentre lui è un appassionato di hip hop, o seguire con interesse la ginnastica artistica anche se lui adora il basket. Grazie alle sue passioni diverse probabilmente scoprirai generi musicali nuovi e tante altre cose interessanti che prima ignoravi, e lo stesso vale per lui. Nonostante ciò, lui potrebbe non avere voglia di accompagnarti al concerto della tua band preferita e cantare a squarciagola poetiche canzoni.

➡ **Non pretendere che diventi una copia delle tue amiche!**

Aiutarti a mettere ordine

Quando ne hai bisogno, sai di poter contare sul suo aiuto, sempre. Questo però non ti autorizza ad approfittarne, coinvolgendolo in occupazioni e incombenze che riguardano te e basta! Se sono mesi che tua mamma ti ricorda che è il momento di mettere ordine nell'armadio e spostare sui ripiani più alti i vestiti che non metti più, non vale chiedere il suo aiuto e costringerlo a trascorrere il pomeriggio ripiegando le tue magliette. Hai mai visto Violetta chiedere una cosa del genere a Tomas? No, vero?

➥ **Non pretendere che faccia quello... che non hai voluto fare tu!**

Convincere il suo amico

La tua amica del cuore si è presa una cotta per il capitano della squadra di calcio della scuola... e pensa sia un'ottima idea chiedere al tuo fidanzato di intervenire, andare a conoscerlo e poi presentarglielo. Certo, lei è timida e non saprebbe come cavarsela da sola, e tu sei convinta che sarebbero fatti l'uno per l'altro. Ma se a lui i giocatori della squadra di calcio stanno antipatici, c'è poco da fare: la tua amica dovrà cavarsela da sola.

➥ **Lascia che scelga da solo i suoi amici, senza immischiarti!**

HELP!!! ESEMPI E SUGGERIMENTI

E SE SUCCEDE CHE... ?

CI SONO COSE CHE NON DOVRESTI MAI FARE, ANCHE SE GIUDICHI INSOPPORTABILE IL FIDANZATO DELLA TUA AMICA.

Se... **tra la tua amica e il suo fidanzato c'è un problema**, ascolta quello che lei ti racconta e dille certamente che cosa ne pensi, dando una tua opinione. Questo devi assolutamente farlo!

Tu... **però non approfittarne per cercare di convincerla a lasciarlo e a mettersi con il ragazzo che a tuo parere è perfetto per lei**! Anche se lui ti è antipatico, non è corretto cercare di allontanarli approfittando dei loro momenti "no".

Se... **la tua amica si lamenta di qualcosa che ha fatto il suo fidanzato**, se hanno discusso o addirittura litigato, è probabile che poi abbia bisogno di sfogarsi. Magari ti elencherà per ore le cose sbagliate che ha fatto e detto...

Tu... **evita di farle la lista di tutte le altre cose che lui sbaglia**, facendole notare particolari che le erano sfuggiti, anche se sei sicura di avere ragione. La tua amica ha bisogno di sfogarsi, non di sentire la tua opinione (negativa) su di lui!

Se... **tu sai che la tua amica ha programmato di vedere il suo fidanzato nel pomeriggio**; hanno organizzato qualcosa da fare insieme. Lo sai perché hai sbirciato la pagina di oggi del suo diario...

Tu... **non invitarla a uscire con te, insistendo che è molto importante**! Puoi perfettamente proporle di fare qualcosa insieme un altro giorno. Facendole cambiare i programmi, la metteresti inutilmente in difficoltà.

Se... **ti sembra che lui si comporti con te in maniera antipatica**, alcune sue frasi ti innervosiscono e ogni volta che lo incontri torni a casa con l'umore rovinato.

Tu... **parlane direttamente con lui**, spiegandogli quali cose ti feriscono. Evita però di sfogarti con lei, perché non potrebbe fare nulla! La metteresti in imbarazzo.

Ti comporti correttamente?

TI COMPORTI CORRETTAMENTE O CERCHI DI IMMISCHIARTI TRA LE TUE AMICHE E I LORO FIDANZATI?

VORRESTI USCIRE CON LA TUA AMICA, MA LEI HA UN IMPEGNO CON IL SUO LUI.

A) Organizzi qualcosa per il giorno seguente

B) Cerchi di unirti a loro nel pomeriggio

C) La implori di annullare l'impegno per stare con te

SCOPRI CHE LUI HA MENTITO ALLA TUA AMICA...

A) Lo convinci a dirle la verità

B) Fai in modo che lei scopra da altri la bugia

C) Le dici quello che è successo, facendoli litigare

NELLA TUA CLASSE C'È UN TIPO CHE SECONDO TE SAREBBE PERFETTO PER LA TUA AMICA.

A) Non glielo presenti, perché lei è già fidanzata

B) Glielo presenti, perché potrebbero diventare amici

C) Fai di tutto perché si mettano insieme

IL FIDANZATO DI UNA TUA AMICA FA UN COMMENTO SULLA TUA BORSA.

A) Gli spieghi che è l'ultima moda in fatto di borse

B) Ti lamenti a lungo con la tua amica

C) Gli rispondi a tono

SUL TELEFONO DELLA TUA AMICA È ARRIVATO UN MESSAGGIO DI LUI.

A) La avvisi, perché lo legga immediatamente

B) Cerchi di scoprire di cosa si tratta mentre lei lo legge

C) Lo apri di nascosto, perché sei troppo curiosa

©DISNEY
©DISNEY
©DISNEY
©DISNEY
©DISNEY
©DISNEY
©DISNEY
©DISNEY
©DISNEY
©DISNEY
©DISNEY

©DISNEY
LOVE
León

MAGGIORANZA DI (A)

Amica perfetta

Sei davvero un'amica da tenere stretta: quando le tue amiche si innamorano, sai esattamente come comportarti. Loro potranno sempre fidarsi di te e contare sul fatto che mai farai qualcosa di scorretto, che le ferirà.

MAGGIORANZA DI (B)

Amica a momenti

Le tue intenzioni sono sempre buone, ma sfortunatamente qualche volta sbagli e non realizzi subito quali saranno le conseguenze delle tue azioni. Ascolta quello che ti dicono le tue amiche, è l'unico modo per imparare a non commettere più gli stessi errori!

MAGGIORANZA DI (C)

Amicizia da rivedere

Ecco una cosa su cui dovresti davvero migliorare: con i fidanzati delle tue amiche spesso ti comporti nel modo sbagliato, intromettendoti più di quanto dovresti. Prova a metterti nei loro panni e domandati sempre come vorresti che gli altri si comportassero con te!

IN CASO DI PARITÀ: fai nuovamente il test in futuro!

Capitolo 6

Rivali in amore

CAPITOLO 6

Non stare al suo gioco!

Non accettare le provocazioni

Tra te e lui va tutto bene, non discutete quasi mai. O meglio, andava tutto bene finché non è arrivata lei: riesce sempre a farvi innervosire, anche le volte in cui tu ti eri promessa di mantenere il sangue freddo. Il problema è che, per quanto tu ti sforzi, non la sopporti proprio. Lei, la tua rivale in amore, evidentemente sa come farti ingelosire. Solo che, perdendo la pazienza, finisci per litigare sempre con lui. E così fai esattamente quello che desidera lei: rovini momenti che altrimenti sarebbero stati bellissimi.

➡ **Non accettare le provocazioni, non arrabbiarti. Se lui tiene a te, lei non potrà fare nulla.**

Non entrare in competizione

Lei è abilissima ad attirare l'attenzione dei ragazzi (compreso il tuo) e a farti sentire esclusa dalle discussioni; in più, si comporta così proprio quando avevi qualcosa di interessante da raccontare! Oppure si presenta sempre vestita all'ultima moda, quando lo stile non è esattamente il tuo punto forte... insomma, ogni volta la stessa storia! Lei trova un modo nuovo per farti sentire meno interessante, meno carina, meno… tutto! D'accordo, è faticoso! Ma basta non entrare in competizione con lei.

➡ **Ha un armadio pieno di abiti alla moda e tu no? Le hai mai detto della tua libreria, colma di libri e cd?**

Non isolarla

Per quanto lei si comporti in maniera antipatica con te, non hai il diritto di cercare di allontanarla dai suoi amici. Non cercare di legare con la sua migliore amica pensando di riuscire a isolarla. Non sarebbe giusto: dimostreresti di essere una persona scorretta quanto lei e potresti perdere la fiducia delle persone che ti hanno sempre considerato una ragazza di cui fidarsi.

➡ **Anche con una rivale, comportati correttamente.**

HELP!!! ESEMPI E SUGGERIMENTI!

CAPITOLO 6

E SE SUCCEDE CHE... ?

TI PIACE UN RAGAZZO... E NON SEI L'UNICA! ECCO COME RICONOSCERE (E AFFRONTARE) UNA RIVALE IN AMORE!

Se... **quando è sola con te tenta di discutere di lui (il ragazzo che ti piace)**, intromettendosi nel vostro rapporto e spettegolando. Ne approfitta per metterlo in cattiva luce ai tuoi occhi, racconta aneddoti con la speranza che a te sembri meno interessante. Insomma, fa di tutto per farvi litigare.

Tu... **non darle retta**, ricordati sempre che sta solo cercando di allontanarvi. Se i suoi discorsi insinuano in te dubbi, parlane con lui, spiegando la situazione con onestà.

Se... **approfitta dei momenti in cui tu non ci sei**, per commentare cose che hai detto o fatto. Cerca di allontanare da te i tuoi amici, facendo notare – per esempio – quanto ti innervosisci facilmente se qualcuno fa un'osservazione sul tuo nuovo taglio di capelli. Insomma, fa di tutto perché lui cambi l'opinione che ha su di te!

Tu... **resisti e non rispondere** al suo modo di fare

scorretto con altrettante scorrettezze (in quel caso sì, che lui potrebbe cambiare la sua opinione di su te!). Mantieni la calma e affrontala direttamente, spiegandole che non saranno certo le sue chiacchiere a renderla più simpatica e popolare.

Se... **quando c'è lui, lei fa di tutto per mettersi in mostra**: fa battute a ogni costo (anche quando non era il momento adatto), coglie ogni occasione per raccontare delle cose fantastiche che fa, dell'ultima partita di pallavolo in cui ha portato la squadra alla vittoria... insomma, cerca sempre di sembrare più interessante di te!

Tu... non c'è nulla che tu possa fare: lasciala parlare. **Parlare continuamente di sé e delle cose fatte alla lunga annoia gli altri**. Inoltre, non è affatto detto che lui sia così interessato a conoscere l'elenco completo di tutti i suoi successi...

Se... **prima di conoscere lui (il "lui" che piace tanto anche a te), non aveva mai giocato a un videogioco in vita sua**. Ultimamente, invece, sembra non pensare ad altro. E tu sai benissimo che questo suo nuovo interesse non è affatto sincero: è solo un modo per avvicinarsi al ragazzo che vi contendete, che adora quello stesso gioco.

Tu... **senza improvvisare nuovi interessi (finti) pensati solo per trasformarti nella ragazza perfetta, trova invece le cose che ti appassionano davvero** e che condividi con lui: sicuramente c'è qualcosa che piace a entrambi! Fingere di essere una persona che non sei non sarà mai la strategia giusta per farlo innamorare di te!

È una vera rivale?

A TE E A LEI PIACE LO STESSO RAGAZZO. POTREBBE ESSERE UNA RIVALE PERICOLOSA?

QUANDO SIETE SOLO TU E LEI...

A) Finge di essere tua amica, anche se sai che ha parlato male di te

B) Ti ignora

C) Ti fa capire che non sarete mai amiche, comportandosi in modo antipatico

QUANDO LA VEDI ARRIVARE, QUELLO CHE PROVI È...

A) Nervosismo

B) Indifferenza

C) Simpatia

QUANTE VOLTE LUI DEVE PARLARE DI LEI, PRIMA CHE TU COMINCI A INNERVOSIRTI?

A) Una volta è abbastanza

B) Qualche volta: ma a lui non lo dici

C) Cominci a spazientirti dopo un intero pomeriggio

CHE COSA FARESTI, PUR DI NON VEDERLA?

A) Sei pronta a cambiare i programmi

B) Chiederesti a un'amica di organizzare qualcosa con lei, separatamente

C) Niente, che ci sia o meno, a te non fa differenza

LEI SI PRESENTA A UNA TUA FESTA, NON INVITATA.

A) Ti infuri e stai con il broncio tutta la sera

B) Mandi un'amica a farle notare che non era nella lista degli ospiti

C) Non te ne accorgi neppure

MAGGIORANZA DI **(A)**

Alta pericolosità

Attenzione: la sua sola presenza è abbastanza per scatenare grossi guai. Potresti innervosirti o litigare con qualcuno a cui tieni. Per qualche ragione, i vostri caratteri sono altamente incompatibili. Per quieto vivere, sarebbe meglio che riusciste a chiarire vostri diversi punti di vista.

MAGGIORANZA DI **(B)**

Media pericolosità

Tu e lei non riuscite ad andare d'accordo. La buona notizia è che potreste riuscire a chiarirvi, con un po' di buona volontà. Certo, potrebbe non essere semplice, ma ne vale la pena: potresti ritrovarti una rivale in meno e un'amica in più.

MAGGIORANZA DI **(C)**

Bassa pericolosità

Tra voi non c'è una particolare sintonia (e avete gusti simili in fatto di ragazzi), ma la situazione non è disperata: avete una base di cose in comune che potrebbero rendervi potenzialmente amiche. Dovete solo superare lo scoglio delle passate incomprensioni.

IN CASO DI PARITÀ: hai le idee confuse!

Capitolo 7

Discussioni in amore

CAPITOLO 7

Amore litigioso!

S.o.s. amiche femmine!

C'è la sua amica di sempre, quella che ha conosciuto all'asilo, con cui trascorreva le vacanze da piccolo: è simpatica, carina, praticamente una sorella minore. Lei sa tutto di lui (certo, lo conosce da un'eternità...). Il problema è che quando si vedono, tu non puoi fare a meno di essere un po' gelosa di lei. E sbagli! In fondo, lui ha avuto tantissimo tempo per riflettere e capire se quell'amicizia poteva diventare qualcosa di più. Tra loro invece non è successo nulla, sono rimasti amici. E lui ha scelto te!

➥ **Se lui esce con la sua amica di sempre, tu non fare scenate di gelosia!**

E invece stai con me!

Hai appena terminato un intenso periodo di interrogazioni, per giorni hai trascorso ogni momento libero china sui libri; finalmente la prof. ti dà tregua. Aspettavi da tempo il primo pomeriggio libero e avevi progettato di trascorrerlo al parco con lui. Sfortunatamente, però, proprio quel pomeriggio gioca la sua squadra preferita. Niente panico: tu prova a spiegarti. E, se proprio capisci che la partita per lui è importantissima, chiedigli di organizzare qualcosa per il giorno seguente: può scegliere qualsiasi cosa, purché ti sorprenda!

➥ **Cerca di capire le sue esigenze e trova un compromesso!**

Non mandare quel messaggio!

Vi siete incontrati al parchetto sotto casa, ma poi sei rimasta attaccata al cellulare tutto il pomeriggio, scambiando messaggi con il tuo amico di sempre, aggiornandolo su tutto quello che è successo negli ultimi giorni. E lui, che si sente tagliato fuori, si offende, dimostrandosi anche un po' geloso. Non sottovalutare i suoi sentimenti: trova l'occasione giusta e presentagli il tuo amico del cuore, facendogli vedere che siete amici – e solo amici! – da sempre.

➥ **Smetterà di temere i tuoi amici maschi solo conoscendoli!**

Vietato spiare

L'hai fatto una volta, quasi senza pensarci (e certamente senza pensare alle conseguenze di quel gesto apparentemente così innocuo): hai letto i messaggi sul suo cellulare, facendolo arrabbiare. Il problema è che tu non resisti e continui a curiosare: vorresti dare un'occhiata! Così lui si sente spiato. E ha ragione! Se non vuole che tu sappia che cosa racconta ai suoi compagni di calcio, non è perché vuole nasconderti qualcosa o perché ha segreti particolari. Prova a pensarci: ci sono tantissime cose di cui vorresti discutere solo con la tua migliore amica. Lo stesso vale per lui, non credi?

➡ **Impara a lasciargli i suoi spazi!**

A ciascuno il suo stile!

Prima gli hai regalato per il suo compleanno una felpa nuova, che hai visto in una vetrina e ti piaceva tantissimo. Poi, poco alla volta, hai cominciato a dargli consigli sempre più precisi su come vestirsi, su quali scarpe indossare, che occhiali da sole scegliere. E lui ha l'impressione che tu voglia modificare il suo stile (di cui lui, invece, è molto soddisfatto). Se pretendi che cambi per te, fattene una ragione: non puoi trasformarlo in un altro ragazzo! Lui ha i suoi gusti in fatto di vestiti esattamente come tu hai i tuoi.

➡ **Se si vestisse come piace a te, probabilmente si sentirebbe terribilmente a disagio. E, essere imbarazzati, non è affatto "stiloso".**

Come dirgli "è finita"

Rispettando i suoi sentimenti

Non ti piace più come prima e finalmente hai trovato l'occasione giusta per dirglielo. Le tue parole saranno difficili da ascoltare: nessuno prende bene questo genere di situazioni. Prima di spiegargli che i tuoi sentimenti nei suoi confronti sono cambiati, devi assolutamente provare a immaginare come si sentirà lui ad ascoltare le tue parole: sarà il modo più sicuro per non ferirlo.

➡ **Trova le parole giuste, che rispettino quello che prova e non lo feriscano.**

Senza dare finte certezze

Tu a lui piaci ancora, lo hai capito dal suo comportamento. Se invece per te non c'è possibilità di rimettere a posto le cose, sii chiara e non alimentare finte speranze: renderanno solo più difficile per lui accettare la situazione, anche se al momento ti sembreranno un buon modo per rendere più facile la discussione. Se lo illudi, per lui sarà davvero molto complicato accettare che non state più insieme.

➥ **Non fargli credere che potresti cambiare idea: lui merita di sapere la verità.**

Senza innervosirti o litigare

Se sei certa delle tue ragioni e di quello che stai per fare, non c'è ragione di innervosirti e trasformare la chiacchierata in una litigata. Devi fargli capire che non ti piace più, e non c'è ragione di alzare i toni e rinfacciargli cose fatte in passato. È sempre meglio fare ogni sforzo possibile per lasciarsi pacificamente, senza scivolare verso momenti di tensione. Prendi esempio da Violetta e Tomas: anche nei momenti più difficili sono riusciti a spiegarsi senza rancori.

➥ **Resta calma ed evita la polemica.**

E SE SUCCEDE CHE... ?

HELP!!! ESEMPI E SUGGERIMENTI

CI SONO DIVERSI MODI
DI AFFRONTARE UN'INCOMPRENSIONE.
COME SI COMPORTA IL RAGAZZO CHE TI PIACE?

Se... dopo una discussione, lui sta sulle sue, parla poco, tiene il broncio. Ti evita e aspetta che sia tu a tornare da lui, magari prendendoti la responsabilità di quanto accaduto e chiedendo scusa. Insomma, è il genere di ragazzo che fa l'offeso!

Tu... c'è poco da fare: se vuoi risolvere la questione devi fare tu il primo passo per riportare la pace tra voi. Metti da parte l'orgoglio, vai da lui e spiegagli con chiarezza qual è la tua opinione e perché ti sei arrabbiata. Farlo non significa ammettere di essere responsabile di quanto accaduto!

CAPITOLO 7

Vietato lasciarsi così!

Via sms

Dirgli quello che pensi può essere certamente difficile, soprattutto se le tue saranno parole pronunciate per fargli capire che qualcosa tra voi è cambiato. Poterlo scrivere, tenendosi "a distanza", è una scappatoia allettante, ma non si fa. Certe questioni si affrontano guardandosi in faccia, di persona.

➡ **Se lui ti lascia via sms, consolati pensando che un tipo così è meglio perderlo che trovarlo. Ha fatto davvero una cosa scorretta.**

Tramite amici

Alcune cose riguardano solo voi due: se devi dirgli che alcuni suoi comportamenti non ti piacciono, che non ti va che non risponda mai ai tuoi messaggi, che le sue battute su di te sono fuori luogo, fatti forza e affrontalo. È assolutamente vietato chiedere a un'amica di recapitare il messaggio.

➡ **Se fosse lui a mandare qualcuno, non discutere con l'amico incaricato di parlarti al posto suo. Ascolta quello che ha da dirti e poi rispondi al diretto interessato.**

Dandogli tutte le colpe

Se qualcosa non va, se ultimamente non ti trovi bene con lui come prima, non cedere alla tentazione di accusarlo di essere la causa di tutti i problemi: non solo non sarebbe giusto, ma ti distrarrebbe dal capire che cosa è successo davvero. In caso di discussioni, ricorda che la colpa è sempre un po' condivisa!

➡ **E se è lui ad accusarti, non lasciarti deprimere troppo dalle sue parole: per quanto siano convincenti, non puoi credere che se litigate sia tutta colpa tua!**

In ritardo

Che le cose non andassero bene, lo avevi capito da un po' di tempo, tanto che ultimamente hai cominciato a trovare terribilmente carino il tuo nuovo compagno di banco. Sarebbe però meglio dirgli che tra voi è finita, prima di prenderti una cotta per qualcun altro: è una questione di correttezza!

➡ **E se è lui a comportarsi così? Be', in tal caso dovresti proprio fargli sapere che si è comportato male e che ti ha deluso profondamente.**

È meglio lasciarlo?

NON SAI SE È ARRIVATO IL MOMENTO DI LASCIARLO? RISPONDI ALLE DOMANDE DEL TEST!

HAI TRE SUE CHIAMATE PERSE SUL CELLULARE...

A) Lo richiami subito

B) Gli mandi un messaggio, per scoprire che cosa vuole

C) Lo chiamerai dopo, ora hai altro da fare

DISCUTETE PER LA TERZA VOLTA NELLA SETTIMANA...

A) Usi la tua paghetta per regalargli i biglietti del film del suo attore preferito, per fare pace

B) Organizzi un pomeriggio per parlarvi e chiarirvi

C) Rinunci a chiarirvi e aspetti che gli passi il nervosismo

UN AMICO DI UNA TUA AMICA TI INVITA A STUDIARE INSIEME IN BIBLIOTECA...

A) Declini l'invito: il tuo "lui" potrebbe ingelosirsi

B) Ci vai, ma con la tua amica

C) Ci vai da sola: sembra simpatico

TI RACCONTA DA CIRCA TRE ORE DELLA SUA ULTIMA PARTITA DI CALCIO...

A) Ascolti con interesse sincero

B) Fingi di ascoltare e pensi ad altro

C) Muori di noia e glielo fai capire

UNA RAGAZZA SI È PRESA UNA COTTA PER LUI...

A) Sei molto gelosa

B) Sei moderatamente gelosa

C) Non sei affatto gelosa

MAGGIORANZA DI **(A)**

In sintonia

Insieme state proprio bene: ci sono momenti in cui sembra che tutto vada per il verso giusto, che ogni cosa sia semplice e bella. Ti senti davvero fortunata ad averlo incontrato. Nel vostro caso, la parola fine è ancora davvero lontana...

MAGGIORANZA DI **(B)**

Difficoltà superabili

Possono esserci dei momenti in cui tu senti di volere stare più per i fatti tuoi: magari sei molto impegnata a recuperare i voti in qualche materia, oppure è imminente una gara importante del tuo sport preferito. Appena passerà, recupererai la bella sintonia di prima.

MAGGIORANZA DI **(C)**

Al capolinea

Sei proprio sicura che lui ti piaccia ancora? È arrivato il momento di riflettere e cercare di rispondere – con sincerità – a questa difficile domanda. Le cose cambiano, le persone crescono. E lui, che un tempo ti sembrava fantastico, magari ora sembra molto meno interessante di prima...

IN CASO DI PARITÀ: ritenta il test tra un po' di tempo!

Capitolo 8

Gusti diversi

CAPITOLO 8

Per me bianco, per lui nero!

Problemi di stile

All'inizio te lo diceva qualche volta, e tu non ci facevi neppure troppo caso. Ultimamente, però, la questione si propone sempre più spesso: ti fa notare che indossi pantaloni troppo larghi oppure orecchini che a lui sembrano ridicoli (e non c'è verso di spiegargli che quest'anno vanno terribilmente di moda...). Ricorda che tu sei assolutamente libera di scegliere jeans e orecchini che più ti piacciono. Cambiare stile per adeguarti ai gusti di lui non sarebbe giusto.

➡ **Cerca un compromesso: tra i tanti abiti del tuo armadio c'è sicuramente qualche capo che piace anche a lui... scopri qual è e indossalo quando uscite insieme!**

Tempo libero per due

Adori ballare da sempre, quando senti la musica ti viene naturale muoverti a tempo, tanto che tutti dicono che sei molto talentuosa. Sogni di diventare una ballerina professionista e, ora che c'è lui, non puoi fare a meno di pensare a quanto sarebbe bello ballare insieme... Certo, sarebbe fantastico. Ma lui che ne pensa? Se gli viene il panico anche solo all'idea di salire su un palcoscenico e si sente scoordinato in maniera irrimediabile, dovrai rassegnarti.

➡ È meglio trovare qualcosa in cui entrambi potete dare il meglio.

Lontani o vicini

Hai tutti i sintomi di una cotta colossale, infatti vorresti stare sempre con lui. In linea generale ci riesci, tranne qualche pomeriggio in cui i suoi amici chiamano e lo invitano al parco, per fare insieme due tiri di pallone. Accetta che si possano trascorrere anche pomeriggi separati! Così tu potrai dedicarti a raccontare alle tue amiche come è bello stare con lui.

➡ Pensa che la lontananza rende ancora più bello e atteso il momento di rivedersi. Anche perché poi avrete molte cose nuove da raccontarvi l'un l'altra.

Questione di carattere

Hai sempre pensato che avere un carattere tranquillo fosse un bel pregio: quando c'è un problema sai affrontare la situazione serenamente, senza scivolare in discussioni o litigate. Peccato che lui prenda le cose in maniera molto più vivace ed energica. E tu ogni volta ti offendi. Litigiosi si nasce, ma... si può imparare a contenere il nervosismo!

➡ Se tu sei così fortunata da sapere gestire

le tensioni con tranquillità, con un po' di pazienza puoi insegnare anche a lui a spiegare le proprie ragioni senza alzare la voce!

Dovere o piacere

Da sempre c'è una materia che ti mette in difficoltà: può essere che non ti trovi con la prof. oppure proprio l'argomento non ti interessa. Quando si avvicinano le interrogazioni, non ti resta che chiuderti in casa e immergerti nei libri, sperando di tenere la tua media scolastica sopra la sufficienza. Peccato che lui non capisca, e continui a proporti cose divertentissime da fare. D'accordo, però la scuola è una priorità e non puoi rischiare di arrivare alla fine dell'anno con un brutto voto. Invitalo una volta a studiare, così potrà farsi un'idea di quanto sia complicato per te destreggiarti tra esercizi e spiegazioni.

➡ **Potrebbe anche impietosirsi e decidere di aiutarti: con il suo contributo, finirai di prepararti molto più velocemente che da sola!**

Viva la diversità

SIETE TROPPO DIVERSI? SCOPRILO RISPONDENDO ALLE DOMANDE DEL TEST!

QUANTE VOLTE TI CHIEDI: “MA È IL RAGAZZO GIUSTO PER ME?”.

A) Spesso, peché hai parecchi dubbi

B) Raramente

C) Mai: sai che lui è quello giusto per te

QUANTI INTERESSI IN COMUNE AVETE?

A) Nessuno: siamo caratterialmente molto diversi

B) Pochi

C) Moltissimi! C’è sempre qualcosa che piace a entrambi

CHE COSA SAI DEL SUO SPORT PREFERITO?

A) Praticamente nulla

B) Qualcosa: ogni tanto vai con lui allo stadio

C) Tutto: lo adori anche tu

TU PROPONI IL PARCO, LUI IL CENTRO COMMERCIALE...

A) Facciamo cose diverse, in questi casi

B) Decidiamo una volta a testa

C) Troviamo sempre un compromesso

SUONERÀ IN CITTÀ IL TUO CANTANTE PREFERITO

A) Ci andrai con la tua amica di sempre

B) Ci andrai con tutto il tuo gruppo di amici

C) Ci andrai con lui, perché siete entrambi grandi fan

MAGGIORANZA DI (A)

Diversissimi

Ok, avete gusti differenti. Non deprimerti, non è nulla di grave. Pensa a tutte le cose nuove che puoi scoprire grazie a lui! Insieme fareste cose che da soli non avreste mai fatto. Per esempio, prima di andarci in sua compagnia, avresti mai immaginato di ritrovarti sugli spalti di una partita di tennis?

MAGGIORANZA DI (B)

Simili

Avete molto in comune. Alcune cose che lui adora potrebbero non piacerti: non fartene un cruccio, dillo senza problemi. Altre invece saranno belle scoperte. E la stessa cosa vale per lui: magari non imparerà mai ad apprezzare il romanticismo di alcuni dei tuoi film preferiti, ma ci sono sicuramente altre cose che sarà felice di condividere con te.

MAGGIORANZA DI (C)

Uguali

Avete davvero gusti simili! Questa cosa contribuisce certamente a organizzare il vostro tempo libero insieme e a non litigare; d'altro canto, questo non vi aiuta a scoprire cose nuove. Ogni tanto, vincete la pigrizia e allargate il giro dei vostri interessi!

IN CASO DI PARITÀ: aspetta e poi ritenta il test!

Capitolo 9

È quello giusto?

Identikit del ragazzo perfetto

Ascolta quando hai bisogno

Ultimamente sembra che non te ne vada una per il verso giusto. Sei triste e giù di morale, hai bisogno di raccontare quello che è successo a qualcuno di cui ti fidi, per chiarirti le idee. In questi casi, il ragazzo ideale è al tuo fianco: ascolta pazientemente e spiega il suo parere. Se pensa che tu abbia sbagliato qualcosa te lo dice con onestà, trovando le parole giuste.

➡ **È il ragazzo ideale se... sa capirti, sempre.**

Ti fa ridere se sei triste

Regalare una risata è un dono prezioso, soprattutto nei momenti più difficili, magari dopo un'interrogazione andata peggio di come ti aspettavi o dopo una discussione in famiglia. Il ragazzo ideale dovrebbe davvero avere questa preziosa qualità. Se in sua compagnia ti diverti, ridi e scherzi, allora significa che insieme state davvero bene.

➡ **È il ragazzo ideale se... con lui ti diverti come con nessun altro.**

Ti presenta ai suoi amici

Ti ha presentato ai suoi amici senza imbarazzi e ora uscite spesso insieme: a te va benissimo, perché sono tutti molto simpatici e con loro ti trovi davvero bene. Poco alla volta anche le tue amiche di sempre hanno cominciato a chiamarti per fare qualcosa con voi. Se le cose stanno così, il tuo è un vero ragazzo dei sogni.

È il ragazzo ideale se... i suoi amici sono anche amici tuoi.

Ti coinvolge nei suoi interessi

Potresti raccontare tutte le partite dell'ultima stagione della sua squadra di basket preferita, conosci alla perfezione i suoi gusti, sei una campionessa del suo videogioco preferito: ottimo! Lui ha voluto coinvolgerti davvero nel suo mondo, condividendo con te le cose che per lui sono più importanti.

➥ **È il ragazzo ideale se... sai tutto di lui.**

Gli piaci sempre

Tante volte hai indossato per lui gli orecchini bellissimi che ti hanno regalato al tuo compleanno o la tua maglietta preferita. E lui vede benissimo quanto sei carina. Il ragazzo perfetto, però, resta convinto che tu sia la più bella anche se sei appena uscita dalla palestra, infagottata nella tuta con i capelli arruffati!

➥ **È il ragazzo ideale se... per lui tu sei la più carina. Sempre.**

Se ci tiene davvero...

... non ha paura di dire apertamente quanto sei importante per lui.

... non ti prende in giro su argomenti che per te sono importanti.

... capisce quando sei triste guardandoti negli occhi, senza bisogno che tu lo dica.

Se lo fa... tenersi alla larga!

Ti prende in giro davanti a tutti

Siete insieme con altri amici, il clima è rilassato e l'atmosfera serena. Eppure lui non riesce proprio a trattenersi: coglie al volo l'occasione e piazza una battuta non simpaticissima su di te davanti a tutti. Ti prende in giro per la tua nuova montatura di occhiali o per una palla che hai perso durante la partita di pallavolo appena conclusa. E tu ci rimani malissimo. Solo che non sai come risolvere il problema: glielo hai già ripetuto mille volte, che questi suoi scherzi non ti divertono affatto! Lui, però, sembra non capire.

➡ **Il ragazzo ideale non ti mette in imbarazzo davanti agli amici!**

Non si presenta agli appuntamenti

È successo già qualche volta e tu sei sempre più perplessa, per questo suo strano comportamento: vi scambiate diversi sms per decidere come e dove vedervi, vi organizzate, passano i giorni e quando arriva il momento dell'appuntamento... lui non si presenta, lasciandoti ad aspettarlo. Poi scopri che lui si era dimenticato, che ha troppi impegni e non riesce

a organizzarsi. Lui capisce perfettamente di essersi comportato male, infatti si scusa a profusione e cerca poi di farsi perdonare in mille modi. Sfortunatamente, però, capita di nuovo: ti ritrovi sola, alla panchina del parco, ad aspettarlo. E lui non arriva.

➡ **Il ragazzo ideale non si dimentica mai di te!**

Ti racconta bugie

Poiché lui deve ripassare matematica in vista di un'interrogazione importante con la prof più severa di tutta la scuola, tu organizzi un pomeriggio con la tua amica del cuore. Fate insieme i compiti per il giorno dopo, poi uscite per comprare un gelato di merenda. E lì fai una scoperta che ti lascia senza parole: lui non è affatto chiuso in casa a studiare come credevi, ma sta facendo due tiri di pallone in compagnia dei suoi amici. Lo affronti subito e lui tenta di spiegare che cosa è accaduto, ma a te resta una sola certezza: lui ti racconta bugie. Tomas non ha mai mentito a Violetta, anche quando dire la verità sarebbe stato complicato.

➡ **Il ragazzo ideale ti dice solo la verità.**

Si interessa alla tua amica

Certo che uscire con il tuo fidanzato e le tue amiche è divertente. È però anche normale che ti dia fastidio il fatto che, quando siete tutti insieme, lui sembra essere più interessato alle altre che a te. Parla con le tue amiche, ride e scherza con loro. Hai l'impressione che racconti più cose alla tua migliore amica che a te. Tu hai provato a parlarne con lui, ma senza ottenere nulla.

➡ **Il ragazzo ideale ti fa sentire unica e speciale, sempre e in ogni situazione.**

Test

È il ragazzo adatto a te?

SIETE DAVVERO IN SINTONIA?
SCOPRILO RISPONDENDO
ALLE DOMANDE DEL TEST!

L'AGGETTIVO GIUSTO PER DESCRIVERE UN POMERIGGIO INSIEME...

A) Romantico

B) Litigioso

C) Noioso

QUANTE TUE AMICHE CONOSCE?

A) Tutte!

B) Solo quelle a cui io tengo di più!

C) Nessuna

SA QUAL È LA TUA MAGLIETTA PREFERITA?

A) Certo: me l'ha regalata lui

B) Non ne sono sicura

C) No: non fa mai caso a come mi vesto

DEVE PASSARE IL SABATO POMERIGGIO IN CASA PER STUDIARE...

A) Gli fai compagnia: insieme si studia meglio

B) Lo passi a trovare quando ha finito, portando una torta fatta in casa per merenda

C) Ti organizzi per uscire con le tue amiche

HAI UNA CHIAMATA PERSA: LUI TI HA CERCATA.

A) Stavi proprio per chiamarlo!

B) Aspetti che ti richiami

C) Speravi fosse la tua migliore amica

MAGGIORANZA DI (A)

Principe azzurro

Che fortuna! Hai trovato il principe azzurro. La sua forza sta nel carattere perfettamente adatto al tuo, nelle tante cose che apprezzate entrambi, nella sua capacità di capirti facilmente. Il ragazzo ideale non è mai perfetto in assoluto, ma è quello perfetto per te!

MAGGIORANZA DI (B)

Principe giallo

Lui è quello giusto per te... peccato che i vostri caratteri non sempre pacifici contribuiscano a far sorgere più discussioni e incomprensioni di quelle che vorresti avere. Ricordati che le differenze tra voi possono diventare una ricchezza, purché tu riesca a smussare gli angoli più affilati del tuo carattere.

MAGGIORANZA DI (C)

Principe rosso

Che ti piaccia tantissimo non basta: per essere un vero principe azzurro dovreste stare anche bene insieme. Se trovate motivi di discussione quasi quotidiani e più che una storia d'amore la tua è un romanzo di avventura, significa che forse non siete fatti l'uno per l'altro.

IN CASO DI PARITÀ: lui è un principe... arcobaleno!

Conclusioni

Decalogo dell'innamoramento

1. Non vergognarti mai di quello che provi.

2. L'amore vero è quello che prende il posto di ogni altro pensiero, che ti fa sentire migliore e più forte.

3. Se il sentimento che provi è vero e autentico, sarà più forte di qualsiasi dubbio, di ogni incertezza.

4. Il tempo si ferma, la luce è più brillante, la testa più leggera: questo è ciò che accade, quando il tuo cuore batte per qualcuno.

5. Non possono esserci parole non dette, tra due persone che si vogliono bene davvero.

6. Non c'è tempo migliore di quello passato insieme.

7. L'amore si riconosce dalle scelte più grandi e importanti, ma si fa apprezzare per i gesti più piccoli: un sorriso, la parola giusta detta quando serve.

8. Non permettere che qualcuno si intrometta tra te e la persona che ti piace.

9. L'amore vero è la luce che illumina le tue giornate.

10. L'amore è un sogno che continua anche quando apri gli occhi, svegliandoti.

«Amor ogni cosa vince.»
Virgilio

«In amore un
silenzio vale piu
di un discorso.»
Blaise Pascal

«Dubita che le stelle siano
fatte di fuoco,
dubita che il sole si muova,
dubita che la verità sia bugiarda,
ma del mio amore non
dubitare affatto.»
William Shakespeare